Ailes éclipsées :
à la recherche de l'ange perdu
Tome I

Anaelle Delerue

Ailes éclipsées : à la recherche de l'ange perdu

Tome I

Roman

ISBN : 979-10-422-2215-4

Chapitre I
Les ailes brisées

Les étoiles étincelaient dans le firmament nocturne, tissant un tableau d'émerveillement au-dessus du monde. Pourtant, dans les hauteurs célestes, une présence autrefois lumineuse était en train de s'éteindre.

Elly se tenait seule sur le rebord d'une falaise astrale, fixant d'un regard lointain les constellations qui brillaient comme autant de souvenirs évanescents. Ses ailes, autrefois immaculées et majestueuses, étaient maintenant marquées de cicatrices, symboles visibles de sa chute et de sa transformation.

Le vent divin soufflait doucement à travers ses cheveux argentés, portant avec lui le murmure de souvenirs lointains. Des larmes argentées se formaient dans les coins de ses yeux alors qu'elle se remémorait le visage radieux de ses parents, leur rire et leur amour qui étaient maintenant hors de sa portée. Leurs voix semblaient flotter dans les brises célestes, une mélodie mélancolique qui lui rappelait ce qu'elle avait perdu.

Elle se rappelait encore cette nuit où l'obscurité avait englouti sa vie. Leur existence, autrefois douce harmonie, avait été brisée par la cruauté impitoyable de ravisseurs sans pitié. Dans un tourbillon d'agonie, Elly avait pris justice en ses mains, mettant fin aux vies de ceux qui avaient volé la sienne. Mais ce choix avait un prix : elle avait été précipitée hors des cieux, ses ailes autrefois radieuses assombries par sa propre culpabilité.

Tandis que les larmes roulaient sur ses joues angéliques, une voix familière se fit entendre derrière elle :

« Elly… »

Elle se retourna pour voir Félix, les yeux remplis de douleur et de détermination. Son amour pour elle brillait dans son regard, inébranlable malgré les distances célestes qui les séparaient désormais.

« Je ne te laisserai pas sombrer dans l'obscurité, Elly », dit-il, sa voix portant l'espoir d'un monde meilleur. « Même si tu as perdu tes ailes, je serai tes ailes. Je te trouverai, peu importe où tu te caches. »

Elly sentit son cœur s'emballer. Même dans sa chute, Félix était une lueur d'espoir dans son horizon obscurci.

Tandis qu'ils se tenaient là, à la croisée des mondes, deux âmes brisées par la tragédie, mais animées par un amour inébranlable, se retrouvaient face à face. Leur voyage pour retrouver ce qui avait été perdu ne faisait que commencer, mais ils étaient prêts à défier les cieux et les enfers pour le ramener à la lumière.

Et ainsi, dans l'univers vaste et mystérieux, les étoiles de leur destinée s'alignaient, guidées par la lueur ardente de l'amour.

Chapitre II
Échos de la chute

Les brumes nocturnes enveloppaient la terre alors que Félix, un homme déterminé, scrutait le ciel étoilé depuis le seuil de sa petite maison. Sa quête pour retrouver Elly, l'ange déchu qu'il aimait plus que tout, avait commencé avec une seule certitude : il ne pouvait pas laisser l'obscurité la dévorer.

Depuis qu'il avait découvert sa disparition, les nuits étaient devenues un rituel de recherche et de réflexion. Félix compulsait de vieux grimoires et interrogeait les érudits qui avaient des connaissances sur les mondes célestes et infernaux. Il avait appris que la chute d'un ange était souvent marquée par une transformation interne, une bataille entre la lumière et les ombres.

Assis à sa table encombrée de parchemins, Félix plongea dans ses pensées. Il se souvint du dernier moment qu'il avait partagé avec Elly, quand ils s'étaient promis un amour éternel au crépuscule doré des cieux. La douleur de sa disparition le hantait, mais il refusait de perdre espoir.

Au milieu de ses recherches, il tomba sur une ancienne légende, une histoire d'un endroit appelé « L'Écho de la

Chute ». On disait que c'était un lieu mystique où les échos du passé résonnaient dans les cieux, où les âmes perdues pouvaient trouver des réponses à leurs questions les plus profondes.

Convaincu que c'était une piste, Félix se prépara pour un voyage dans les terres inexplorées. La nuit était silencieuse alors qu'il chevauchait à travers les forêts et les plaines, porté par la détermination et l'amour.

Lorsqu'il arriva enfin à l'endroit légendaire, une aura éthérée semblait envelopper l'air. Les étoiles semblaient briller plus intensément, comme si elles attendaient son arrivée. Félix se tint au bord d'une falaise, regardant les étoiles comme s'il cherchait un signe.

« Elly », murmura-t-il dans le vent. « Si tu m'entends, montre-moi le chemin. Montre-moi comment te retrouver. »

Alors qu'il parlait, un faible écho sembla se répandre dans l'air, comme le murmure d'une voix lointaine. Félix ferma les yeux, se concentrant sur le son. Des souvenirs de moments partagés avec Elly dans les cieux se déroulèrent devant lui, comme des images projetées sur une toile céleste.

L'écho s'estompait lentement, mais une lueur d'espoir brilla dans le regard de Félix. Il savait qu'il était sur la bonne voie, qu'il se rapprochait de la vérité sur la disparition d'Elly.

Ainsi, dans l'obscurité de la nuit, alors que les étoiles observaient silencieusement, Félix repartit, porté par la conviction que l'amour était la lumière qui guiderait son chemin vers l'ange perdu.

Chapitre III
Les ombres de la conspiration

Les cieux étaient agités ce jour-là, annonçant l'approche d'un bouleversement. Félix avait continué sa quête avec une détermination inébranlable, suivant les échos de l'histoire légendaire dans l'espoir de retrouver Elly. Cependant, dans les profondeurs sombres d'une forêt ancienne, une ombre s'agitait, une ombre qui avait un intérêt bien particulier pour les événements célestes.

Le Seigneur Oscuro, un être aux pouvoirs ténébreux et aux ambitions malveillantes, observait l'avancement de Félix depuis les ténèbres. Il était convaincu que le retour d'Elly avait des implications qui pouvaient secouer l'équilibre même des mondes célestes et infernaux. Son désir de puissance et de contrôle le poussait à manipuler les événements pour ses propres fins.

Se tenant devant un autel de runes anciennes, le Seigneur Oscuro fit appel à des magies anciennes pour découvrir les secrets que Félix cherchait à percer. Les énergies sombres s'entrelacèrent autour de lui, formant un voile à travers lequel il pouvait observer les actions du jeune homme. Il vit les éclats d'amour et de détermination dans les yeux de Félix, et il sut qu'il devait intervenir.

Alors que Félix s'approchait d'une antique bibliothèque, espérant y trouver des indices sur le prochain pas de sa quête, le Seigneur Oscuro déchaîna un vent glacial, faisant siffler les pages des livres. Une aura sombre se matérialisa devant lui, prenant la forme d'une silhouette menaçante.

« Chercheur d'anges perdus », murmura le Seigneur Oscuro d'une voix glaciale, « trop curieux pour ton propre bien. »

Félix se figea, sentant une présence maléfique qui le scrutait. Il se retourna brusquement, les yeux écarquillés en découvrant l'ombre menaçante.

« Qui êtes-vous ? » demanda-t-il, sa main instinctivement prête à saisir une arme.

« Je suis celui qui sait », répondit le Seigneur Oscuro avec un sourire sinistre. « Celui qui sait ce que tu cherches. Celui qui sait où se trouve l'ange déchu que tu poursuis. »

Félix se raidit, mélange d'espoir et d'inquiétude dans son cœur.

« Pourquoi m'aideriez-vous ? » interrogea-t-il, méfiant.

« Parce que nos intérêts se rejoignent, jeune homme », dit le Seigneur Oscuro d'un ton suave. « Mais tout service a un prix. Pour chaque réponse que je te donne, tu me devras quelque chose en retour. »

Félix sentit un frisson lui parcourir l'échine. Il savait qu'il marchait sur une corde raide, mais il était prêt à tout pour retrouver Elly.

Et ainsi, dans l'ombre de la forêt ancienne, un pacte sinistre fut scellé entre Félix et le Seigneur Oscuro, jetant les bases d'une alliance temporaire et dangereuse. Les ombres de la conspiration se resserraient, tandis que Félix se rapprochait d'une vérité qui pourrait changer à jamais le destin de ceux qui se trouvaient aux frontières du divin et de l'obscurité.

Chapitre IV
Liens brisés, liens renoués

L'air était chargé d'électricité lorsque Félix, guidé par l'alliance risquée avec le Seigneur Oscuro, se retrouva dans une salle sombre et mystérieuse. Des bougies noires brûlaient, jetant des ombres dansantes sur les murs, tandis que le Seigneur Oscuro se tenait en attente, le sourire du malin sur ses lèvres.

Félix poussa la porte avec une certaine appréhension, son regard fixé sur le Seigneur Oscuro.

« J'espère que vous allez me donner les informations que vous avez promises », déclara-t-il d'une voix tendue.

Le Seigneur Oscuro hocha la tête, mais avant qu'il ne puisse parler, une voix familière se fit entendre dans la pièce, teintée de défi et de détermination.

« Avant de parler, tu réponds d'abord à une question, Seigneur Oscuro : qu'avez-vous à gagner de tout cela ? »

Félix se retourna, stupéfait. Là, dans l'obscurité, se tenait Elly, sa silhouette élégante luttant contre les ténèbres environnantes. À ses côtés se tenait une femme à l'aura confiante et protectrice, le regard de défi fixé sur le Seigneur Oscuro.

« Je te croyais perdue », s'exclama Félix, un mélange d'étonnement et de joie dans sa voix.

« Je n'irais pas sans me battre », répondit Elly, ses yeux reflétant sa résolution. « Et je ne permettrai pas à cet être de ténèbres de s'immiscer dans nos affaires. »

La meilleure amie d'Elly, Seraphina, se rapprocha du Seigneur Oscuro, un regard dur fixé sur lui.

« Je ne laisserai pas vos plans sombres ternir davantage l'existence d'Elly », déclara-t-elle avec fermeté.

Le Seigneur Oscuro sourit, comme s'il appréciait l'intrusion inattendue. « C'est touchant de voir à quel point vous tenez à elle. Mais comprenez que je ne suis pas seulement un être de ténèbres. J'ai des intérêts qui transcendent les frontières célestes et infernales. Votre ange déchu, Elly, possède une clé qui pourrait changer l'équilibre des mondes. »

Félix s'avança, ne pouvant s'empêcher de serrer les poings. « Vous ne la considérerez jamais simplement comme une "clé". Elle est bien plus que cela. »

« Je suis fatiguée de jouer le rôle que les autres m'ont imposé, » intervint Elly, sa voix empreinte de lassitude. « Mais je ne me laisserai pas utiliser pour des fins obscures. »

La tension dans la pièce était palpable, alors que trois volontés se confrontaient dans un ballet de regards et de paroles. Chacun avait ses raisons, ses désirs et ses peurs, mais l'issue de leur confrontation restait incertaine.

Et ainsi, dans l'obscurité des intentions et des émotions, un nouveau chapitre de leur quête s'ouvrit, avec des liens brisés et des liens renoués, tandis qu'ils se tenaient face à un adversaire qui avait ses propres desseins ténébreux.

Chapitre V
Les enchantements cachés

Les lueurs de l'aube teintaient le ciel lorsque Elly et sa meilleure amie Seraphina se retrouvèrent dans une clairière, guidées par un instinct inexplicable. C'était comme si quelque chose appelait leur présence ici, quelque chose qu'elles ne pouvaient pas encore discerner.

Soudain, l'air s'électrifia, et deux silhouettes émergèrent des ombres des arbres. Deux femmes à la beauté captivante et aux vêtements ornés d'éléments mystiques, Cleophée et Cléa, les accueillirent avec des sourires envoûtants.

« Elly, Seraphina », dit Cleophée d'une voix douce mais puissante, « nous vous attendions. »

Elles s'avançaient avec une grâce surnaturelle, leurs yeux brillant d'une connaissance bien au-delà de la compréhension humaine.

« Qui êtes-vous ? » demanda Elly, sa méfiance palpable dans sa voix.

« Nous sommes Cleophée et Cléa, sœurs unies par le pouvoir des étoiles et des secrets anciens », répondit Cléa, un soupçon d'amusement dans son ton. « Nous avons vu vos chemins se croiser avec ceux du Seigneur Oscuro, et nous voulons vous aider à dénouer les fils de la destinée. »

Seraphina croisa les bras. « Comment pouvons-nous savoir que vous n'avez pas d'arrière-pensées ? »

Cleophée sourit. « Vous avez raison d'être prudents. Nous vous offrons un choix : deux chemins s'ouvrent devant vous. D'un côté, vous pouvez continuer votre quête indépendamment, en affrontant les ombres qui vous entourent. D'un autre côté, nous pouvons vous offrir des enchantements qui augmenteront vos pouvoirs et vous guideront dans votre recherche. »

Elly et Seraphina se regardèrent, évaluant la proposition. Alors que le vent soufflait doucement à travers la clairière, Elly sentit un mélange d'incertitude et de désir pour obtenir les réponses qu'elle cherchait depuis si longtemps.

« Félix et moi avons traversé tant d'épreuves », murmura Elly, « et nous avons besoin de tous les moyens possibles pour retrouver ce que nous avons perdu. »

Seraphina acquiesça, sa main sur l'épaule d'Elly. « Si ces enchantements peuvent nous aider à éclairer le chemin, alors peut-être que nous devrions accepter. »

Les deux enchanteresses échangèrent un regard complice. « Très bien », dit Cleophée. « Mais sachez que les enchantements ne viennent pas sans prix. Vous devrez affronter vos propres ténèbres intérieures pour maîtriser leur pouvoir. »

Après un moment de réflexion, Elly et Seraphina acceptèrent. Les enchanteresses commencèrent un rituel complexe, tissant des énergies magiques autour des deux femmes. Les étoiles semblaient briller plus intensément pendant le processus, comme si elles accordaient leur bénédiction.

Lorsque les enchantements furent terminés, Elly et Seraphina se sentirent transformées, imprégnées de puissance et de mystère. Mais elles savaient que le voyage qui les attendait serait encore plus difficile.

« Nos chemins se recroiseront », dit Cléa, « quand les étoiles auront besoin de briller plus fort. »

Avec un sourire énigmatique, Cleophée ajouta : « Maintenant, allez, et que vos cœurs guident votre quête. »

Et ainsi, les deux sœurs disparurent dans les ombres des bois, laissant Elly et Seraphina seuls avec les secrets nouvellement dévoilés et les enchantements cachés qui les guideraient dans leur voyage pour retrouver ce qui avait été perdu.

Ce cinquième chapitre introduit Cleophée et Cléa, les puissantes enchanteresses, et explore les dilemmes auxquels Elly et Seraphina sont confrontées en acceptant leurs offres. Les enchantements apportent une nouvelle dimension à l'histoire, tout en établissant des liens entre les personnages et les mystères du cosmos. Comme toujours, n'hésitez pas à ajuster l'histoire pour qu'elle corresponde à votre vision créative.

Chapitre VI
Gardien des étoiles

La nuit était claire, les étoiles brillant comme des joyaux dans le ciel obscur. Alors qu'Elly et Seraphina avançaient dans leur quête, une lueur mystérieuse attira leur attention vers le sommet d'une colline. Intriguées, elles montèrent la pente, découvrant un jeune garçon assis parmi les étoiles, les yeux rivés sur les constellations.

« Qui es-tu ? » demanda Elly, sa voix résonnant doucement dans l'air.

Le garçon tourna son regard vers elles, ses yeux d'un bleu profond reflétant la sagesse des âges. Un sourire chaleureux étira ses lèvres.

« Je suis Théo », dit-il d'une voix calme et apaisante. « Et je suis ici pour veiller sur vous. »

Seraphina leva un sourcil. « Veiller sur nous ? Qui es-tu vraiment ? »

Théo se leva gracieusement, les étoiles semblant danser autour de lui. « Je suis le fils d'un dieu, envoyé pour surveiller et guider ceux qui sont liés par des destinées spéciales. Félix, Elly, Seraphina… Vos noms résonnent à travers les cieux. »

Elly et Seraphina échangèrent un regard étonné. Les mots de Théo semblaient incroyables, mais il y avait une aura de vérité dans sa présence.

« Nous avons rencontré des êtres puissants et malveillants sur notre chemin », dit Elly. « Comment pouvons-nous être sûrs que tu es différent ? »

Théo inclina la tête avec compréhension. « Je comprends votre méfiance. Mais je suis ici pour aider, pas pour nuire. Les étoiles m'ont montré que vous avez un rôle crucial à jouer dans l'équilibre des mondes. »

Seraphina se rapprocha, scrutant les étoiles qui semblaient scintiller encore plus intensément autour de Théo. « Comment pouvons-nous savoir que tu dis la vérité ? »

Avec un sourire, Théo leva la main et une constellation s'illumina, formant une image du groupe en train de se battre contre les ombres du destin. « Les étoiles révèlent ce que je ne peux pas expliquer avec des mots. »

Alors que la lumière douce des étoiles baignait la scène, Elly et Seraphina échangèrent un regard. Peut-être que Théo était un allié inattendu dans leur quête.

« Félix a été notre guide et notre roc », dit Elly. « Peux-tu nous aider à le trouver ? »

Théo hocha la tête. « Suivez-moi. Les étoiles m'ont montré le chemin vers lui. »

Et ainsi, accompagnées du mystérieux Théo, Elly et Seraphina poursuivirent leur chemin à travers les mystères célestes et les ténèbres profondes, guidées par les étoiles et par le fils d'un dieu, dont la présence était comme un lien entre le divin et l'humain.

Ce sixième chapitre introduit Théo, le fils d'un dieu, et révèle sa mission de veiller sur Elly, Félix et Seraphina. Sa présence apporte une nouvelle dimension à l'histoire et renforce les liens entre les personnages et le cosmos. Comme toujours, n'hésitez pas à ajuster l'histoire pour qu'elle corresponde à votre vision créative.

Chapitre VII
Sacrifice et renaissance

Le ciel nocturne était enflammé par une lumière vive et étincelante, illuminant le paysage environnant. Théo se tenait devant Elly, Seraphina et Félix, son regard serein et déterminé.

« Les étoiles me rappellent à ma destinée », dit-il d'une voix douce. « Je suis venu pour vous guider et vous protéger, mais mon temps ici touche à sa fin. »

Elly sentit son cœur se serrer. Théo était devenu une présence réconfortante dans leur voyage, et sa révélation de fils divin avait apporté une dimension nouvelle et fascinante à leur quête.

« Non, Théo », protesta Seraphina. « Nous ne pouvons pas te perdre. »

Théo posa une main apaisante sur l'épaule de Seraphina. « Je ne meurs pas vraiment. Mon essence retourne aux étoiles, là où j'appartiens. Mais mon rôle ici est accompli. »

Alors que les étoiles dansaient autour de Théo, sa silhouette commença à se fondre dans une lumière éblouissante. Avec un dernier sourire, il se volatilisa, laissant une impression d'amour et de paix dans son sillage.

Les larmes aux yeux, Elly, Seraphina et Félix regardèrent le ciel, les étoiles semblant briller plus intensément en hommage à Théo.

Cependant, leur moment de deuil fut interrompu par l'apparition soudaine des enchanteresses Cleophée et Cléa. Leurs yeux brillaient d'une détermination féroce.

« Le temps est venu d'unir nos forces, » déclara Cleophée. « Un mal bien plus sombre que le Seigneur Oscuro se profile à l'horizon. Un être ancien et puissant, libéré par les machinations du Seigneur Oscuro, menace l'équilibre même des mondes. »

Elly se redressa, son visage durci par la détermination. « Alors, que devons-nous faire ? »

Cléa tendit la main et toucha doucement le front d'Elly, puis de Seraphina. Une énergie dorée se propagea autour d'elles, et soudain, Elly et Seraphina furent enveloppées d'une aura magique.

« Nous vous offrons nos dons et nos pouvoirs », dit Cléa. « Nous habitons temporairement vos corps, et ensemble, nous formerons une force invincible pour affronter cette menace. »

Les enchanteresses et les deux amies partagèrent un regard solennel, la fusion de leurs énergies scellant un pacte de détermination et de bravoure.

Le combat à venir serait difficile, mais avec Théo veillant sur eux depuis les étoiles et les enchanteresses prêtant leurs puissances, Elly, Seraphina et leurs alliés étaient prêts à faire face à l'obscurité qui menaçait de les engloutir.

Ce septième chapitre marque un tournant majeur avec le décès de Théo et l'intervention des enchanteresses pour aider Elly et Seraphina à affronter un nouvel ennemi. Le chapitre explore le thème du sacrifice et de la renaissance tout en renforçant les liens entre les personnages et les défis auxquels ils sont confrontés. Comme toujours, n'hésitez pas à ajuster l'histoire pour qu'elle corresponde à votre vision créative.

Chapitre VIII
L’affrontement épique

Les étoiles scintillaient dans un ciel obscur alors qu’Elly, Seraphina et les enchanteresses Cleophée et Cléa se tenaient devant une présence ténébreuse d’une puissance insondable. Les ombres se formaient en une figure titanesque, un être de cauchemar qui semblait exister à la frontière entre le monde matériel et le royaume des cauchemars.

L’air semblait électrisé alors que les deux forces se faisaient face, l’une lumineuse et déterminée, l’autre sombre et menaçante.

« Nous devons le repousser », dit Elly, sa voix empreinte de fermeté. « Pour Théo, pour notre quête, pour tout ce que nous chérissons. »

Les enchanteresses hochèrent la tête, leurs pouvoirs combinés formant un bouclier étincelant autour du groupe. La présence sombre lança un rugissement sinistre, des énergies obscures tourbillonnant autour d’elle.

Le combat commença dans un éclair de lumière et d’ombre, des énergies déchaînées s’entrelaçant dans un ballet éthéré. Les coups de poing et les éclats de lumière fusaient, créant une symphonie de puissance et de détermination. Les étoiles semblaient observer, avec une attention silencieuse, leurs lueurs renforçant la détermination du groupe.

Elly et Seraphina utilisaient les pouvoirs des enchanteresses pour augmenter leurs propres capacités, tandis que Cleophée et Cléa utilisaient leur savoir mystique pour conjurer des sorts puissants. Chaque coup, chaque mouvement, était empreint d'une intention farouche de repousser les ténèbres.

Le combat s'étendit sur le temps et l'espace, les énergies mêlées créant des étincelles de lumière et d'ombre qui se propageaient à travers le ciel étoilé. Le sol tremblait sous la puissance du conflit, les éléments célestes et infernaux s'entremêlant dans une danse de forces opposées.

Finalement, avec un cri de détermination, Elly canalisa l'énergie des étoiles dans une attaque finale. Un faisceau de lumière blanc pur jaillit de ses mains, traversant les ténèbres et touchant la créature des ombres en son cœur.

Un rugissement déchirant remplit l'air alors que la présence ténébreuse vacillait, se dissolvant lentement dans une explosion d'énergie. Le calme revint, le ciel se dégagea, et les étoiles brillaient plus intensément que jamais.

Le groupe était essoufflé, mais triomphant. Les enchanteresses se retiraient de leurs corps, les remerciant pour leur aide dans ce combat décisif.

« Nous avons réussi », dit Seraphina.

Chapitre IX
Le sacrifice et la fuite

La victoire résonnait dans l'air alors que la présence ténébreuse se dissolvait finalement, laissant derrière elle une aura de paix retrouvée. Les étoiles brillaient comme jamais, comme si elles célébraient le triomphe d'Elly, Seraphina et les enchanteresses.

Cependant, le triomphe fut de courte durée. Alors que le groupe reprenait son souffle, un rugissement terrifiant secoua la terre. Du corps inerte de la créature ténébreuse émergea un monstre encore plus colossal, ses yeux écarlates reflétant la malveillance pure.

Les enchanteresses échangèrent un regard de consternation. « C'est la manifestation ultime de l'obscurité, une résurgence de son essence originelle », expliqua Cleophée.

Le monstre déchaîna ses pouvoirs, et le combat reprit, plus intense que jamais. Elly, Seraphina et les enchanteresses unirent leurs forces, mais cette fois-ci, le monstre semblait invincible, un rappel brutal de la cruauté du destin.

Alors que la bataille faisait rage, le monstre déploya une lance empoisonnée, et d'un geste rapide, il tira droit sur Seraphina. Le temps sembla ralentir alors que la lance se dirigeait vers sa cible.

Elly poussa un cri d'horreur, se précipitant vers sa meilleure amie. Le projectile empoisonné la frappa, et Seraphina s'effondra, le poison se répandant rapidement dans son corps.

« Non ! » hurla Elly, ses yeux remplis de désespoir. Elle attrapa le corps inerte de Seraphina, la secouant doucement dans l'espoir de la réveiller.

Mais la vie de Seraphina s'éteignit rapidement, le poison faisant son œuvre impitoyable. Le regard de la jeune femme rencontra celui d'Elly, rempli d'une amitié et d'un amour profonds.

« Elly », murmura-t-elle, « n'abandonne jamais. Je serai toujours avec toi. »

Les larmes coulaient sur les joues d'Elly alors qu'elle regardait son amie partir. La douleur de la perte était insupportable, une lame qui la transperçait en plein cœur.

Cependant, le monstre ne montrait aucun signe de relâchement. L'obscurité les engloutissait, menaçant de les submerger à nouveau.

Dans un accès de désespoir et de colère, Elly se retourna et s'enfuit, portant avec elle le fardeau de la perte de sa meilleure amie. Les enchanteresses restèrent en arrière, leurs pouvoirs combinés étant leur dernier espoir contre le monstre.

Le chapitre se termine sur une note déchirante avec la mort de la meilleure amie de Elly, Seraphina, et la fuite d'Elly alors qu'elle est submergée par la douleur et le chagrin. La situation devient encore plus sombre et désespérée, mettant en avant les émotions complexes et les enjeux élevés de l'histoire.

Chapitre X
Liens inattendus

Félix avançait avec détermination à travers les collines accidentées de Céleste, la lueur des étoiles éclairant son chemin. Sa quête pour retrouver Elly l'ange déchu le guidait à travers des terres inconnues, remplies de mystères et de défis.

Alors qu'il progressait, il aperçut les lueurs lointaines d'un village niché dans les hauteurs. Intrigué, il accéléra le pas, espérant trouver des réponses ou peut-être des alliés dans sa recherche désespérée.

Le village était pittoresque, mais résolument militaire, avec des bâtiments en pierre bien construits et des drapeaux flottant dans la brise nocturne. Félix pouvait sentir l'air imprégné d'histoires de batailles passées et de victoires glorieuses.

En pénétrant dans le village, Félix fut accueilli par des regards curieux et vigilants. Les habitants semblaient être des anciens combattants, des hommes et des femmes portant les marques du temps, mais également les empreintes de la résilience. Ils regardaient Félix avec une intensité silencieuse, évaluant son but et sa détermination.

Alors qu'il errait dans les rues pavées, un jeune homme d'environ son âge s'avança avec une expression curieuse. Ses cheveux noirs étaient ébouriffés, et ses yeux pétillaient d'intelligence et de méfiance.

« Tu es nouveau ici, n'est-ce pas ? » demanda-t-il d'une voix calme mais directe.

Félix hocha la tête. « Oui, je suis en quête de réponses. »

Le jeune homme sembla évaluer Félix pendant un moment, puis sourit d'un air approbateur. « Je m'appelle Lucien. Je suis ici depuis longtemps. Si tu cherches des réponses, tu es au bon endroit. »

Le ton de Lucien était amical, sa méfiance initiale semblant s'atténuer. Félix sentit une lueur d'espoir alors qu'il commençait à expliquer son voyage, sa quête pour retrouver Elly, son ange déchu.

« Elly, hum ? » dit Lucien, réfléchissant. « Les étoiles sont peut-être de ton côté. J'ai entendu parler d'une prophétie ancienne, une histoire d'un ange déchu dont le destin est lié à de grands événements à venir. »

Félix sentit un frisson d'excitation. Était-ce possible que les étoiles aient enfin révélé une direction claire ?

Alors que Félix et Lucien discutaient plus en profondeur, une camaraderie inattendue naquit entre eux. Lucien partagea ses connaissances sur les batailles passées et les secrets du village, tandis que Félix partageait son objectif de ramener Elly.

Au fil de la conversation, Félix réalisa qu'il avait trouvé plus qu'un allié. Il avait trouvé un ami, quelqu'un qui comprenait sa quête et partageait sa détermination.

« Je suis avec toi dans cette quête, » déclara Lucien, un sourire sincère sur son visage. « Et si les étoiles nous guident, nous trouverons Elly ensemble. »

Le chapitre se termine sur une note d'espoir alors que Félix trouve un ami en Lucien, un jeune homme qui partage sa détermination et sa quête pour retrouver Elly. La relation naissante entre les deux personnages ajoute une nouvelle dimension à l'histoire, tout en soulignant l'importance des liens inattendus qui se forment pendant les moments les plus sombres.

Chapitre XI
Réunion céleste

Les jours passèrent pour Elly, mêlant la tristesse du passé et l'incertitude de l'avenir. Elle était seule, perdue dans un monde d'ombres et de souvenirs, chaque moment rappelant la perte de sa meilleure amie, Seraphina.

Un soir, alors que les étoiles brillaient d'une lueur douce, Elly s'assit seule sur une colline, observant le ciel. Ses pensées erraient, et la douleur du deuil semblait insurmontable.

C'est alors qu'une présence apparut devant elle, une femme vêtue d'un tissu simple, la peau pâle et les yeux lumineux.

« Elly, » dit-elle d'une voix douce, mais chargée de force, « je suis Céleste, gardienne des étoiles et des secrets du cosmos. »

Elly se leva, surprise par l'apparition de cette étrangère. « Céleste ? Que fais-tu ici ? »

Céleste s'approcha, son expression empreinte de compassion. « Je ressens ta douleur, ton chagrin. Les étoiles m'ont montré ton parcours, et je viens t'offrir une chance de renouveau. »

Elly la regarda avec méfiance. « Que veux-tu dire ? »

Céleste fit un geste élégant, et les étoiles semblèrent danser autour d'elle. « Ton nom, Elly, est lié à des souvenirs douloureux. Pour commencer une nouvelle étape de ta vie, tu dois laisser derrière toi ce fardeau. Je te propose de choisir un nouveau nom, un nom qui reflétera la lumière qui brille en toi malgré les ombres. »

Elly se sentait déconcertée. Changer de nom semblait une étape insignifiante par rapport à la grandeur de sa quête, mais peut-être que cela marquerait un pas vers la guérison.

« Comment puis-je savoir quel nom choisir ? » demanda-t-elle.

Céleste sourit. « Ferme les yeux, écoute les étoiles et ressens l'énergie qui t'entoure. Laisse ton cœur guider ton choix. »

Elly suivit les conseils de Céleste, se connectant à l'univers autour d'elle. Elle sentit une chaleur douce l'envelopper, comme si les étoiles elles-mêmes la réconfortaient.

Après un moment, elle ouvrit les yeux, son choix fait. « Astra Déchue. Je choisis le nom Astra, pour les étoiles qui ont toujours guidé mon chemin, et Déchue pour me rappeler d'où je viens. »

Céleste approuva d'un sourire. « Astra Déchue, un nom qui résonne avec courage et espoir. Que ce nom devienne le reflet de ta force intérieure. »

Ainsi, Elly devint Astra Déchue, embrassant son nouveau nom comme un symbole de sa résilience. Avec les paroles de Céleste comme guide, elle commença à accepter la douleur de la perte et à trouver un moyen de transformer sa peine en une détermination nouvelle.

Ce onzième chapitre marque un tournant dans l'histoire alors qu'Astra Déchue choisit un nouveau nom en suivant les conseils de Céleste. Cette rencontre avec Céleste offre un moment de guérison et de renouveau pour Astra alors qu'elle commence à s'accepter et à se réinventer.

Chapitre XII
Les ailes d'espoir

Les rues étaient calmes, la lueur dorée du crépuscule baignant tout dans une atmosphère magique. La petite Elly, encore enfant, courait dans les ruelles pavées de son village natal. Ses cheveux dorés scintillaient au soleil, et ses yeux brillaient d'une curiosité insatiable.

Elly vivait avec ses parents, Patrick et Isabelle. Ils étaient des gens aimants, toujours présents pour elle. Ses parents l'avaient encouragée à explorer le monde qui l'entourait, à s'émerveiller des étoiles et à rêver de grands voyages.

Un soir, alors qu'Elly regardait le ciel étoilé depuis la fenêtre de sa chambre, quelque chose de mystérieux se passa. Elle sentit une chaleur douce irradier de son dos, comme si une énergie nouvelle la traversait.

Elle se retourna en surprise et vit deux ailes translucides émerger de sa peau. Elles étaient d'une blancheur pure, avec des reflets dorés qui semblaient refléter les étoiles elles-mêmes. Elly resta bouche bée, ses yeux écarquillés devant cette merveille.

Ses parents entrèrent dans sa chambre, leurs regards emplis de tendresse et de fierté.

« Elly, » dit sa mère Isabelle, « tu as développé tes ailes. C'est un moment spécial. »

Patrick s'approcha également, un sourire chaleureux sur les lèvres. « C'est un don, ma chérie. Tu es liée aux étoiles d'une manière extraordinaire. »

Elly toucha avec précaution ses nouvelles ailes, ressentant une connexion profonde avec elles. Elle pouvait les faire bouger légèrement, ressentant leur légèreté et leur potentiel.

« Est-ce que… est-ce que je suis un ange ? » demanda-t-elle avec un mélange d'émerveillement et d'incrédulité.

Isabelle et Patrick échangèrent un regard complice. « Tu es spécial, Elly, » dit Isabelle. « Tes ailes sont un symbole de ton lien avec les étoiles, et ton cœur pur. »

Elly sourit, se sentant enveloppée dans l'amour et le soutien de ses parents. Ses ailes étaient un cadeau inestimable, une preuve de sa singularité et de sa destinée.

Au fil des années, Elly apprit à maîtriser ses ailes, les utilisant pour explorer les hauteurs des montagnes et les confins de leur village. Ses parents l'encourageaient toujours, la guidant sur le chemin de la découverte et de la compassion.

Le chapitre se termine sur une note touchante alors qu'il dévoile un moment de l'enfance d'Astra Déchue, montrant l'apparition de ses ailes et la relation aimante qu'elle avait avec ses parents, Patrick et Isabelle. Cette révélation offre un éclairage sur le passé d'Astra et sur la signification profonde de ses ailes dans son histoire.

Chapitre XIII
Les ailes brisées

Les souvenirs pouvaient être des portes délicates, s'ouvrant parfois sur des moments douloureux que l'on préférerait oublier. Alors qu'Astra Déchue parcourait son chemin, les étoiles la guidaient vers un endroit de son passé qu'elle n'avait pas voulu affronter depuis longtemps.

Elle se retrouva à l'orée d'une forêt dense, un endroit qu'elle avait autrefois exploré avec enthousiasme. Elle se souvenait de l'excitation dans l'air, de la légèreté de ses ailes alors qu'elle s'élevait dans le ciel, jouant avec le vent et se fondant avec les étoiles.

Mais les étoiles avaient été lointaines ce jour-là, et le destin avait joué un tour cruel. Astra se remémora les détails d'une journée ensoleillée de son enfance, quand elle avait osé s'aventurer plus loin dans la forêt que d'habitude.

Elle avait été captivée par un mystérieux éclat au loin, une lumière scintillante entre les arbres. Curieuse, elle s'était approchée, ses ailes battant doucement dans l'air.

Cependant, l'éclat n'était pas ce qu'il semblait être. Une créature sombre et malveillante s'était cachée dans l'ombre, attendant le moment propice. D'un geste rapide, elle avait lancé une attaque sur Astra, visant ses ailes.

La douleur avait été fulgurante, un cri de surprise et d'agonie s'échappant des lèvres d'Astra alors que ses ailes étaient touchées. Elle s'était effondrée au sol, les ailes ensanglantées, la lumière des étoiles semblant s'éloigner.

Ses parents, alertés par le cri, étaient arrivés en courant. Ils avaient combattu la créature, la repoussant dans les ténèbres, mais le mal avait été fait. Les ailes d'Astra étaient gravement blessées, leurs plumes brisées, leur éclat terni.

Le visage de sa mère, Isabelle, était marqué par la tristesse et la culpabilité. « Ma chérie, nous te protégerons toujours, mais nous ne pouvons pas réparer ce qui a été brisé. »

Le souvenir était douloureux, un moment qui avait changé le cours de sa vie. Astra avait perdu l'usage de ses ailes, sa liberté d'explorer les hauteurs célestes et de danser parmi les étoiles.

Cependant, malgré cette perte, Astra avait trouvé une nouvelle détermination. Elle avait survécu à l'obscurité, et elle était déterminée à triompher de l'adversité qui l'attendait.

Ce treizième chapitre révèle comment Astra Déchue a perdu l'utilisation de ses ailes lors d'une attaque traîtresse dans la forêt. Cette perte a été un moment de douleur et de chagrin, mais aussi de détermination pour Astra, renforçant sa volonté de surmonter les obstacles à venir.

Chapitre XIV
Souvenirs d'amour

Le doux murmure de la rivière accompagnait les pensées d'Astra Déchue alors qu'elle marchait le long de ses rives. Les étoiles brillaient dans le ciel nocturne, créant une toile d'argent qui enveloppait le monde.

Ses pensées la ramenèrent à un autre moment dans le temps, un souvenir qui avait marqué son cœur à jamais. Elle se souvint d'un été chaud et ensoleillé, alors qu'elle avait rencontré son premier amour, un jeune homme du nom de Gabriel.

Leurs regards s'étaient croisés pour la première fois au bord de cette même rivière, leurs cœurs battant au rythme de l'inconnu. Les étincelles de cette rencontre avaient allumé une flamme d'amour qui avait continué de brûler en elle.

Ils avaient partagé des conversations profondes, découvrant leurs rêves, leurs peurs et leurs aspirations. Chaque instant passé ensemble était une étreinte de deux âmes qui se découvrent.

Un sourire se dessina sur les lèvres d'Astra en se rappelant le moment où Gabriel avait eu le courage de l'embrasser pour la première fois. Les étoiles semblaient briller encore plus intensément cette nuit-là, comme si elles avaient béni leur amour.

Leur relation avait grandi, évolué, et finalement, ils avaient partagé une nuit magique, une nuit d'amour qui avait scellé leur lien d'une manière profonde et intime.

Cependant, la vie les avait séparés, leurs chemins les plus importants dans des directions différentes. Les étoiles, témoins silencieux de leur histoire, les avaient vus grandir et changer.

Alors qu'Astra se tenait au bord de la rivière, les poissons dorés nageant près d'elle, elle savait que ces souvenirs d'amour étaient précieux. Même si leur relation avait pris fin, l'amour qu'ils avaient partagé une partie inoubliable de son parcours.

Les étoiles semblaient briller avec une tendresse particulière, comme si elles reconnaissaient la beauté et la complexité de l'amour humain.

Ce quatorzième chapitre offre un aperçu des souvenirs d'amour d'Astra Déchue avec Gabriel, se concentrant sur les émotions et les moments significatifs plutôt que sur les détails explicites. L'histoire évoque l'importance de l'amour dans la vie d'Astra et sa capacité à influencer ses choix et ses émotions tout au long de sa quête.

Chapitre XV
Les rêves de demain

La lueur douce des étoiles éclairait le ciel alors qu'Astra Déchue marchait le long de la rivière, perdue dans ses pensées. Les souvenirs avaient ravivé des émotions anciennes, mais ils avaient également réveillé en elle un désir profond de se tourner vers l'avenir.

Elle s'assit au bord de la rivière, observant les reflets des étoiles dans l'eau calme. Les étoiles semblaient des émissaires du futur, des guides silencieux qui lui murmuraient des promesses de possibilités infinies.

Astra ferma les yeux et laissa son esprit vagabonder, imaginant l'avenir qu'elle désirait. Elle se voyait voyager à travers les mondes, explorant des contrées inconnues et découvrant des mystères cachés. Ses ailes, bien qu'immobilisées, lui donnaient toujours un sentiment de liberté, une connexion avec les étoiles qui la guidait.

Elle se voyait établir des liens avec de nouveaux amis et alliés, des âmes qui comprendraient sa quête et la soutiendraient dans les moments difficiles. Parmi eux,

Lucien, son ami de confiance, et d'autres encore dont les cœurs seraient en harmonie avec le sien.

Elle rêvait d'un monde où les ténèbres reculeraient, où la lumière de l'amour et de l'espoir triompherait. Elle rêvait d'un endroit où chacun pourrait trouver sa place, où les rêves pourraient être tissés dans la réalité.

Puis, son esprit s'attarda sur une vision plus personnelle. Elle se vit en train de contempler les étoiles avec un regard aimant à ses côtés, un compagnon dont le cœur résonnerait avec le sien. Elle se vit souriant, riant, partageant des moments précieux.

Elle écrivit ces rêves dans son esprit comme des vers de poésie, des fragments d'un futur qu'elle pouvait presque toucher du bout des doigts.

Les étoiles brillaient toujours au-dessus d'elle, murmurant des promesses d'avenir. Astra savait que la route à venir serait semée d'embûches, mais elle ne perdait pas de vue l'espoir qui la guidait.

Le chapitre se termine sur une note poétique alors qu'Astra Déchue se projette dans un avenir qu'elle désire. Les étoiles symbolisent à la fois la promesse d'un futur lumineux et la sagesse qui guide ses rêves. Ce chapitre met l'accent sur les aspirations et les rêves de l'avenir, offrant une perspective optimiste pour les développements à venir dans l'histoire.

Chapitre XVI
Renouveau au fil de l'eau

Le doux murmure de la rivière appelait Astra Déchue, une mélodie apaisante qui semblait danser avec les étoiles scintillantes. Alors que les premières lueurs de l'aube embrassaient le ciel, elle sentait l'urgence de se rafraîchir et de se ressourcer après une nuit de réflexion.

S'approchant de l'eau, elle sentit sa fraîcheur apaiser son corps et son esprit. Elle s'immergea dans la rivière, laissant l'eau douce l'entourer. Chaque goutte était comme une caresse de l'univers, un rappel de la pureté et du renouveau.

L'eau coulait sur sa peau, emportant les soucis et les tristesses qui l'avaient tourmentée. Elle se permit de se perdre dans le moment, de contempler les étoiles qui s'estompaient lentement devant la lumière croissante de l'aurore.

Alors que le soleil se levait à l'horizon, peignant le ciel de teintes roses et orangées, Astra se sentit revigorée. Les étoiles avaient été ses guides dans l'obscurité, mais le soleil était son symbole de renouveau, de possibilités.

Après s'être séchée et avoir pris un instant pour méditer sur les moments à venir, elle se décida à reprendre sa quête. La faim tiraillait son estomac, rappelant son besoin de se nourrir.

Elle se remit en route, marchant avec détermination le long du chemin qui s'étendait devant elle. Ses pas la menèrent bientôt à la lisière d'un petit village niché entre les collines.

Les habitants vaquaient à leurs occupations matinales, et l'atmosphère était empreinte de calme et de simplicité. Astra ressentit une lueur d'espoir alors qu'elle s'approchait, sachant que c'était l'endroit idéal pour se ravitailler.

Elle chercha une petite auberge, où elle pourrait trouver un repas et un peu de réconfort. Les senteurs alléchantes de la cuisine flottaient dans l'air, et son estomac se fit entendre avec une demande insistante.

Poussant la porte de l'auberge, Astra fut accueillie par la chaleur et l'odeur réconfortante des plats. Elle s'installa à une table, reconnaissante pour cette pause bien méritée.

Alors qu'elle savourait chaque bouchée, elle observait les gens du village vaquer à leurs tâches, chacun contribuant à la vie de la communauté. Une nouvelle énergie semblait se réveiller en elle, une énergie qui l'encourageait à continuer sa quête avec une détermination renouvelée.

Ce seizième chapitre met en lumière la connexion d'Astra Déchue avec la nature et l'élément de l'eau, tout en soulignant son besoin de renouveau et de ravitaillement. La découverte du village apporte un sentiment de communauté et d'opportunités pour Astra, l'aidant à se ressourcer et à continuer sa quête.

Chapitre XVII
Les liens du passé

Le soleil avait grimpé dans le ciel, inondant le village de sa lumière radieuse. Astra Déchue marchait dans les rues étroites du village, sentant la chaleur du jour sur sa peau. Elle avait passé la matinée à explorer le village et à apprécier la quiétude de cet endroit.

Alors qu'elle passait devant une petite place animée, une voix aiguë perça l'air. *C'est elle ! C'est Astra Déchue !*

Astra s'arrêta net, surprise par les mots qui venaient de retentir. Elle se tourna vers la source de la voix et vit une jeune femme, les yeux écarquillés de reconnaissance. C'était Mia, une habitante du village.

Les habitants du village, qui vaquaient à leurs occupations, se figèrent presque instantanément. Un murmure d'excitation et de respect se répandit rapidement, et les visages se tournèrent vers Astra.

Dans un geste unifié, les villageois s'inclinèrent en avant, un signe de respect profond envers celle qu'ils avaient reconnue. Astra se sentit à la fois gênée et touchée par ce geste inattendu.

Mia s'approcha avec un sourire radieux. *C'est bien toi, n'est-ce pas ? Astra Déchue, la voyageuse légendaire ?*

Astra hocha la tête, ne sachant pas trop comment réagir face à l'attention soudaine. *Oui, c'est moi.*

Mia la regarda avec admiration. *Tu es célèbre ici, tu sais. On raconte des histoires à propos de toi, de tes aventures, de ta quête. Tu es devenue une source d'inspiration pour nous.*

Astra se sentit à la fois honorée et mal à l'aise sous les projecteurs. Elle n'avait jamais cherché la célébrité, mais elle pouvait comprendre comment ses actions pouvaient avoir un impact sur d'autres.

Mia sourit chaleureusement. *Peut-être pourrais-tu nous raconter une de tes histoires, quelque chose qui nous rappellerait à tous la puissance de l'espoir.*

Astra réfléchit un instant, puis acquiesça. *Très bien. Il y a une histoire que je pourrais partager, une histoire de ténèbres qui ont été vaincues par la lumière de l'amour et de l'unité.*

Elle commença à raconter, captivant son auditoire avec son récit. Les villageois écoutaient avec attention, absorbant chaque mot comme s'ils étaient en train de vivre l'aventure eux-mêmes.

Lorsque l'histoire prit fin, un sentiment de camaraderie et d'espoir semblait flotter dans l'air. Les villageois la remercièrent avec des applaudissements et des sourires reconnaissants.

Mia lui adressa un regard empreint d'admiration. *Nous sommes honorés de t'avoir ici, Astra Déchue. Merci d'avoir partagé ton histoire avec nous.*

Astra esquissa un sourire. *Je vous remercie pour votre accueil chaleureux. Votre unité et votre espoir sont une source d'inspiration pour moi aussi.*

Le village était devenu plus qu'un simple arrêt sur son chemin. C'était un rappel que même dans l'obscurité, la lumière de l'humanité pouvait briller avec une intensité éblouissante.

Chapitre XVIII
Liens tissés par le destin

Les journées s'écoulaient doucement dans le village, chaque moment apportant de nouvelles rencontres et découvertes pour Astra Déchue. Parmi les visages familiers, celui de Mia se détachait, une amitié naissante qui semblait avoir été tissée par le destin.

Un après-midi ensoleillé, alors que Astra se promenait dans les rues du village, elle croisa Mia qui était occupée à cueillir des fleurs devant sa maison.

« Mia ! » appela Astra en souriant.

Mia leva les yeux, surprise. « Oh, bonjour Astra. Comment vas-tu ? »

Astra s'approcha et contempla les fleurs colorées. « Je vais bien, merci. Ces fleurs sont magnifiques. »

Mia sourit timidement. « Elles sont pour ma mère. Elle adore les fleurs. »

Les deux femmes se mirent à discuter, échangeant des histoires et des rires. Leur conversation était fluide, comme si elles se connaissaient depuis toujours.

« Tu sais, Astra, j'ai entendu parler de ton histoire avec Félix, » déclara Mia, ses yeux pétillant d'intérêt.

Astra arqua un sourcil, curieuse. « Oh ? Et qu'as-tu entendu ? »

Mia lui raconta les rumeurs et les récits qu'elle avait entendus au sujet d'Astra et de sa quête pour retrouver Félix. Astra écouta avec attention, impressionnée par la manière dont les histoires avaient été tissées et transmises à travers le temps.

« Les légendes racontent que vous étiez liés par un lien profond et que vous avez affronté d'énormes défis ensemble, » dit Mia. « Est-ce vrai ? »

Astra sourit doucement, ses yeux lointains alors qu'elle replongeait dans ses souvenirs. « Oui, c'est vrai. Félix a été une part essentielle de ma vie, mon ami le plus cher. Nous avons partagé des moments inoubliables et avons surmonté des épreuves insurmontables. »

Elle raconta à Mia les détails de leur rencontre, leur amitié grandissante, les aventures qu'ils avaient vécues et les moments difficiles qu'ils avaient traversés. Elle partagea avec Mia les rires, les larmes et les enseignements qu'elle avait tirés de leur parcours.

Mia l'écouta avec attention, captivée par chaque mot. « C'est incroyable, Astra. Votre histoire est comme un conte épique. »

Astra esquissa un sourire mélancolique. « Oui, c'était une époque à la fois merveilleuse et douloureuse. Félix a été un pilier de force pour moi, et je ne l'oublierai jamais. »

Les deux femmes partagèrent un moment de silence, leurs cœurs reliés par la magie des histoires partagées. Astra sentit que cette nouvelle amitié était une autre étoile brillante dans le ciel de son voyage.

Chapitre XIX
Ailes cachées

Alors qu'Astra Déchue et Mia partageaient leurs histoires, Astra ne pouvait s'empêcher de remarquer quelque chose d'inhabituel sur le dos de Mia. De chaque côté de sa colonne vertébrale, deux étranges protubérances étaient visibles sous sa chemise.

Intriguée, Astra choisit ses mots avec soin. *Mia, je ne veux pas être indiscrète, mais j'ai remarqué quelque chose sur ton dos. Est-ce que tu me permettrais de jeter un coup d'œil ?*

Mia sembla surprise, mais acquiesça finalement. *D'accord, tu peux regarder.*

Astra fit signe à Mia de s'asseoir près de la rivière. Doucement, elle souleva le tissu à l'endroit où les protubérances étaient visibles. Ce qu'elle découvrit la laissa presque sans voix.

À la place de ce à quoi elle s'attendait, elle trouva deux ailes magnifiques, d'un violet profond et d'un vert éclatant. Elles étaient repliées soigneusement contre le dos de Mia, cachées à la vue de tous.

Astra sentit son cœur s'emballer d'émerveillement. *Mia, ce sont des ailes ! Des ailes véritables.*

Mia baissa les yeux, gênée. *Oui, c'est vrai. Ma mère m'a dit que quand j'étais bébé, j'avais quelque chose de magique en moi. Quand j'ai grandi, elle a décidé de me faire opérer pour enlever ces choses et les ailes ont été cachées depuis.*

Astra toucha doucement une des ailes avec précaution, sentant l'énergie magique qui émanait d'elles. *Ce sont des ailes magnifiques, Mia. Elles sont un don extraordinaire.*

Mia sembla hésiter, puis elle partagea son histoire. *Ma mère m'a dit que ces ailes étaient spéciales, mais qu'elle avait peur de ce qu'elles représentaient. Elle a dit qu'elles pourraient m'attirer des ennuis, alors elle a choisi de les cacher.*

Astra posa son regard bienveillant sur Mia. *Les ailes sont une partie de toi, Mia. Elles font partie de ta véritable nature. Elles ne devraient pas être cachées, mais embrassées.*

Mia la regarda, ses yeux emplis d'émotion. *Tu penses vraiment ça ?*

Astra hocha la tête. *Absolument. Les ailes symbolisent la liberté, la possibilité de s'élever au-dessus des limites. Ne laisse pas la peur te retenir.*

Mia sourit timidement. *Peut-être as-tu raison.*

Astra avait une idée. *Viens avec moi à la plaine, Mia. Laissons les ailes se déployer et sentir la brise.*

Elles se rendirent à la rivière, et Mia laissa doucement les ailes s'étendre, créant une danse gracieuse dans l'air.

Les ailes semblaient vibrer d'excitation, comme si elles avaient attendu longtemps d'être libres.

Elles sont magnifiques, Mia, dit Astra, émerveillée.

Mia ferma les yeux, absorbant la sensation. *Merci, Astra. C'est comme si une partie de moi se sentait enfin complète.*

Chapitre XX
Les noms de la destinée

Le village était animé, les habitants vaquant à leurs occupations quotidiennes. Astra Déchue et Mia se promenaient dans les rues en discutant de tout et de rien, comme des amies de longue date.

Soudain, Elly s'arrêta et regarda Mia avec sérieux. *Mia, tu as accompli quelque chose d'extraordinaire en embrassant ta véritable nature. Maintenant, il est temps de choisir un nom de combat, un nom qui reflète la puissance et la détermination que tu as trouvées.*

Mia sembla surprise par la suggestion. *Un nom de combat ? Mais pourquoi ?*

Elly lui sourit. *Un nom de combat symbolise ton identité en tant que guerrière, ton lien avec la magie qui coule en toi et la force que tu possèdes. C'est aussi un moyen de se réinventer, de laisser derrière soi les peurs et les doutes.*

Mia réfléchit un moment, puis sourit timidement. *Tu as raison. J'ai toujours eu un surnom que ma mère m'a donné quand j'étais petite. J'aimerais le reprendre, mais avec une touche de ma nouvelle réalité.*

Elly la pressa doucement. *Et quel est ce surnom ?*

Mia fixa le sol un instant, puis leva les yeux vers le ciel. *Astra, tu as dit que les étoiles étaient nos guides, nos compagnons dans l'obscurité. Je choisis le nom d'Étoile.*

Le visage d'Astra s'illumina d'approbation. *C'est un nom magnifique, Mia. Étoile, un nom qui résonne avec ta propre lumière intérieure et ton chemin unique.*

Mia, désormais Étoile, semblait emplie de confiance et de détermination. *Merci, Elly. Merci de m'avoir aidée à trouver ce nom qui résonne en moi.*

Astra sourit à son tour. *C'est un honneur de t'aider à découvrir ton véritable potentiel. Étoile, ton nom illuminera ton parcours.*

Chapitre XXI
Révélation mystique

Astra Déchue et Étoile marchaient à travers la forêt, cherchant un endroit tranquille où elles pourraient s'entraîner au combat en duel. Le soleil filtrait à travers les feuilles des arbres, créant des taches de lumière qui dansaient sur le sol.

Elles finirent par atteindre une clairière isolée, entourée de végétation luxuriante. C'était un endroit paisible, un lieu propice à l'apprentissage et à la découverte de soi.

Elles se mirent en position, prêtes à commencer leur séance d'entraînement. Astra, avec grâce et expérience, guida Étoile à travers les mouvements, les esquives et les contre-attaques.

Alors qu'elles s'entraînaient, Étoile semblait de plus en plus à l'aise, ses mouvements devenant plus assurés à chaque instant. Elle semblait absorber les enseignements d'Astra avec une soif d'apprentissage.

Soudain, alors qu'elles reprenaient leur souffle, Étoile fixa le regard au loin, comme si quelque chose avait attiré son attention. Astra suivit son regard et découvrit ce qui avait captivé son amie.

Là-bas, à la lisière de la clairière, se dressait une silhouette majestueuse. C'était une créature étonnante, une licorne d'un blanc pur, avec une corne scintillante à la lueur du soleil.

Astra et Étoile restèrent silencieuses, captivées par la beauté de la créature. La licorne les observait avec des yeux doux et curieux, comme si elle les connaissait depuis toujours.

Une licorne, murmura Étoile, presque incrédule.

Astra hocha la tête. *Oui, c'est une créature rare et mystique. On dit qu'elles sont les gardiennes de la pureté et de la magie.*

La licorne s'approcha lentement, ses sabots touchant le sol avec grâce. Elle émettait une aura de sérénité et de magie qui enveloppait la clairière.

Étoile s'avança avec précaution, comme si elle était en présence d'une entité sacrée. Elle tendit la main vers la licorne, presque hésitante. La créature s'approcha davantage, permettant à Étoile de toucher sa douce fourrure.

Un sourire émerveillé se forma sur le visage d'Étoile. *C'est incroyable... Je n'aurais jamais pensé voir une licorne de ma vie.*

La licorne semblait comprendre, ses yeux fixés sur Étoile avec une expression douce et compatissante.

Astra s'approcha également, se tenant aux côtés de son amie. *Parfois, le destin nous réserve des rencontres magiques pour nous rappeler que le monde est rempli de mystères et de merveilles.*

Les trois créatures, Astra, Étoile et la licorne semblaient liées par un moment de compréhension et d'harmonie. Dans cet instant, la frontière entre le monde humain et le monde magique s'était estompée.

Chapitre XXII
Liens magiques

Étoile resta là, les yeux fixés sur la licorne avec un mélange de fascination et d'émerveillement. La créature majestueuse semblait réceptive à sa présence, comme si un lien mystique s'était tissé entre elles.

Avec une douce détermination, Étoile tendit la main vers la licorne, laissant la magie qui coulait en elle entrer en communion avec celle de la créature. La licorne ne montra aucune peur ni méfiance, comme si elle comprenait l'intention pure et bienveillante de Mia.

Je vais t'appeler Éty, déclara Étoile avec un sourire radieux. *Parce que ton aura scintille comme un ciel étoilé.*

La licorne sembla approuver le nom d'un doux hennissement, et Mia sentit son cœur s'emplir de joie. Elle avait trouvé un ami magique, un compagnon qui comprendrait et partagerait ses voyages.

Pendant ce temps, Elly avait marché quelques pas en avant, se préparant à faire demi-tour pour rejoindre les autres. Mais ce qu'elle vit la figea sur place.

Seraphina, vivante et souriante, se tenait là, les yeux brillants de bonheur. Elly cligna des yeux, comme si elle devait s'assurer qu'elle ne rêvait pas.

Seraphina ? murmura-t-elle, sa voix pleine d'incrédulité et de joie.

Seraphina hocha la tête avec un sourire éclatant. *C'est bien moi, Elly. Je suis ici.*

Les deux amies se précipitèrent l'une vers l'autre, se serrant dans une étreinte chaleureuse et émue. Les larmes coulaient sur les joues d'Elly, mélangeant le bonheur et l'étonnement.

Je pensais que tu étais perdue... que tu avais disparu à jamais, dit Elly d'une voix étouffée.

Seraphina la serra encore plus fort. *Je suis désolée pour tout ce que tu as dû traverser. Mais je suis là maintenant, Elly. Et je suis tellement heureuse de te revoir.*

Les retrouvailles étaient remplies d'émotions, de récits partagés et de moments d'amitié retrouvée. Seraphina raconta comment elle avait survécu, comment elle avait finalement échappé à son geôlier et avait réussi à retrouver Elly.

Je suis déterminée à rattraper le temps perdu, déclara Seraphina avec détermination. *Et je veux t'aider dans ta quête.*

Les deux amies se tenaient là, unies par le passé, le présent et l'avenir. Alors que le soleil se couchait, les étoiles commencèrent à briller dans le ciel, scellant ces retrouvailles miraculeuses et magiques.

Chapitre XXIII
Secrets éclairés

La nuit avait enveloppé la forêt de son manteau sombre, ponctué seulement par les étoiles scintillantes qui brillaient comme des joyaux dans le ciel. Astra Déchue, Étoileguidante et Seraphina avançaient d'un pas déterminé, leurs chemins guidés par la lumière de l'aventure.

Leur union, plus forte que jamais, les avait rapprochées de leur objectif. Astra savait que le chemin à parcourir était semé d'embûches, mais elle croyait en la puissance de leur amitié et de leur détermination.

Alors qu'elles marchaient, Seraphina se tourna vers Elly, son expression sérieuse. *Elly, il y a quelque chose que je dois te dire.*

Elly la regarda, intriguée. *Quoi donc, Sera ?*

Seraphina prit une profonde inspiration. *Je pense qu'il serait peut-être temps de ne plus utiliser Astra Déchue comme ton nom. Tu as changé, tu as évolué. Tu es plus que ce titre, plus que ton passé. Peut-être qu'il est temps de choisir un nouveau nom qui reflète la personne que tu es devenue.*

Elly laissa les mots de Seraphina pénétrer son esprit. Elle avait déjà ressenti un élan vers un nouveau départ, un nom qui irait de pair avec sa transformation intérieure.

Tu as raison, Sera, admit-elle enfin. *Je ne veux plus être définie par mon passé, mais par qui je suis maintenant dans l'instant présent.*

Seraphina lui adressa un sourire encourageant. *Je suis sûre que tu trouveras un nom qui te convient parfaitement.*

La discussion fut interrompue par les pas précipités de Seraphina. *Elly, il y a quelque chose que je dois te dire. Quelque chose que j'ai découvert pendant que j'étais loin.*

Elly la fixa, attentive. *Quoi donc, Sera ?*

Seraphina baissa le regard avant de relever les yeux vers Elly, une lueur d'inquiétude dans son regard. *J'ai croisé Félix. Il était avec un jeune homme en train de chercher quelque chose. J'ai entendu mentionner ton nom.*

Elly sentit son cœur s'accélérer. *Félix ? Tu es sûre ?*

Seraphina hocha la tête. *Je l'ai vu de mes propres yeux, Elly. Il était avec un jeune homme, probablement à la recherche de toi.*

L'annonce laissa Elly dans un état de choc mêlé d'espoir. Elle avait rêvé de ce moment, de la possibilité de retrouver Félix un jour.

Qu'est-ce que cela signifie, Elly ? demanda Étoile, perplexe.

Elly lui adressa un sourire. *Cela signifie que notre quête est peut-être plus proche de son aboutissement que jamais. Cela signifie que nous sommes sur la bonne voie.*

Les trois amies marchèrent côte à côte, les secrets partagés illuminant leur chemin sombre. La promesse d'une réunion avec Félix, associée à la décision d'Elly de choisir un nouveau nom, ajoutait une nouvelle dimension à leur aventure.

Chapitre XXIV
Confrontation ténébreuse

Félix et Léo se tenaient dans une clairière sombre, leurs sens en alerte alors qu'une présence maléfique se manifestait. Devant eux, une silhouette imposante se dessina peu à peu, dévoilant le sinistre figure d'Oscuro.

Les yeux de Félix s'emplirent de détermination. *Oscuro, que veux-tu ? Pourquoi es-tu ici ?*

Oscuro émit un rire sardonique. *Félix, tu n'es jamais loin de l'action, n'est-ce pas ? Je suis ici pour récupérer ce qui m'appartient, pour rétablir l'ordre dans le monde. Et si cela signifie te détruire, ainsi que tout ce qui t'est cher, alors ainsi soit-il.*

Le ton menaçant d'Oscuro ne fit qu'attiser le feu de la détermination en Félix. Sans hésiter, il se lança dans l'action, déchaînant une série de mouvements précis et puissants. Léo se joignit à lui, leurs mouvements en parfaite synchronisation.

Le combat était intense, les éclats d'énergie magique illuminant la clairière dans l'obscurité de la nuit. Félix et

Léo firent preuve de ruse et de force, faisant face à la menace d'Oscuro avec courage.

Pendant ce temps, alertée par la présence du danger, Astra Déchue courait à travers la forêt, suivie de près par Étoile, Seraphina et la licorne Éty. Théo fit une apparition étonnante, sa présence conférant une aura protectrice.

Elly, quelque chose ne va pas ? demanda Étoile, inquiète.

Elly ralentit un instant, reprenant son souffle. *Nous devons rejoindre Félix. Il est en danger.*

Astra hocha la tête, la magie scintillant dans ses yeux. *Alors, allons-y, amies. Personne ne doit se tenir entre nous et notre destin.*

Arrivées à la clairière, elles furent témoins de l'incroyable combat entre Félix, Léo et Oscuro. Leurs cœurs battaient avec l'excitation de l'action, leur détermination se renforçant face à l'adversité.

Soudain, Théo fit son apparition, sa présence rayonnante. Sa voix était empreinte de calme et d'autorité. *Ça suffit, Oscuro. Ta quête de pouvoir n'a que trop duré.*

Oscuro ricana. *Ah, le fils d'un dieu, n'est-ce pas ? Tu n'as pas la moindre idée de ce que je suis capable de faire.*

Chapitre XXV
Convergence des destins

Le combat faisait rage dans la clairière, l'énergie magique scintillant et tourbillonnant autour des combattants. Félix, Léo et Théo utilisaient leurs compétences avec détermination pour faire face à Oscuro et à ses sombres sbires.

Soudain, des cris d'alarme retentirent dans le village où Étoile avait grandi, le lieu où Elly avait été témoin de tant de souvenirs. Des ombres malveillantes se rapprochaient, menaçant de détruire tout sur leur passage.

Le cœur d'Elly (maintenant appelée Elly, Étoile de l'Aube) se serra à l'idée que le village qui avait été son foyer était en danger. Sans hésiter, elle se lança dans une course effrénée en direction du village, accompagnée de près par les Enchanteresses Cleophée et Cléa.

La licorne Éty galopait à leurs côtés, ses pas légers laissant des traces lumineuses dans l'obscurité. Seraphina, Astra Déchue et Étoile suivaient de près, leur détermination à protéger le village reflété dans leur regard.

Les Enchanteresses échangèrent un regard complice, et d'un geste de leurs mains, elles invoquèrent une magie puissante. Des éclairs de lumière jaillirent de leurs doigts, se transformant en boucliers protecteurs qui enveloppaient le groupe.

À mesure qu'Elly et les autres approchaient du village, elles se heurtèrent aux sbires d'Oscuro, mais elles ne fléchirent pas. Elles déchaînèrent leurs compétences magiques et leurs mouvements de combat avec une détermination féroce.

Une fois arrivées au village, elles se dressèrent contre les envahisseurs avec une intensité renouvelée. La magie tourbillonnait, laissant des traces lumineuses dans l'air alors qu'elles se battaient pour protéger ce qui leur était cher.

Chapitre XXVI
Lien brisé

Le lendemain du combat, les rayons du soleil levant baignaient le village récemment sauvé dans une lueur douce. Les résidents du village se rassemblaient, exprimant leur gratitude envers Elly, Étoile, Seraphina, Astra Déchue, Éty, Théo, Cleophée, Cléa et tous ceux qui avaient contribué à repousser l'obscurité d'Oscuro.

Pourtant, malgré la victoire, une ombre planait sur le cœur d'Elly. Ses yeux étaient emplis de tristesse alors qu'elle observait le village retrouver peu à peu sa normalité. Elle se sentait vide, une part d'elle-même manquait cruellement.

Dans un coin tranquille du village, Elly fixa le ciel, un nœud dans la gorge. La réalisation la frappa avec une force déchirante. Oscuro avait réussi à les diviser en envoyant Félix loin de là, rompant leur connexion spéciale, leur lien profondément enraciné.

Les larmes s'accumulèrent dans les yeux d'Elly alors qu'elle se remémorait les moments partagés avec Félix.

Les rires, les sourires, les regards complices – tout cela semblait maintenant lointain et inaccessible.

Mais dans sa douleur, une lueur d'idée commença à briller. Une idée qui pourrait rétablir ce qui avait été brisé. Elle se rappela les leçons de la magie, les enseignements des étoiles. Peut-être, juste peut-être, il y avait un moyen de retrouver Félix, de restaurer leur lien.

Avec détermination, Elly se leva et se dirigea vers les lieux qui avaient toujours été source d'inspiration et de connexion avec la magie – la clairière où elle avait rencontré la licorne Éty pour la première fois.

Chapitre XXVII
Souvenirs d'éclats brisés

Après avoir partagé ses plans avec Mia et lui avoir expliqué comment la contacter en cas de besoin, Elly et Seraphina prirent la décision de partir à la recherche de Félix ou de Léo. Les deux amies s'aventurèrent dans la forêt, leurs pas guidés par l'espoir et la détermination.

Le voyage les emmena à travers des sentiers familiers et des endroits qui avaient été le témoin de leur passé. Alors qu'elles marchaient côte à côte, les souvenirs refirent surface. Elly se perdit dans ses pensées, remémorant le moment où elle avait dû quitter Félix en s'enfuyant loin de lui.

Le souvenir était douloureux et chargé d'émotions. À l'époque, Elly avait eu 17 ans, et une dispute acerbe avec Félix et ses amis avait conduit à un affrontement tragique. Dans un moment de colère incontrôlable, elle avait utilisé ses pouvoirs pour mettre fin à la vie de ses camarades, ne laissant que Félix en vie.

Elly revécut le poids insupportable de la culpabilité et du chagrin qui l'avaient envahie après cet événement. Ses ailes autrefois majestueuses s'étaient obscurcies, perdant leur éclat. Elle avait dû partir, fuyant tout ce qu'elle avait connu pour protéger ceux qu'elle aimait de sa propre puissance destructrice.

Alors qu'elle marchait dans la forêt, les larmes coulaient silencieusement sur les joues d'Elly. Elle n'avait jamais oublié le prix qu'elle avait dû payer pour sa colère incontrôlée. Mais maintenant, alors qu'elle cherchait à restaurer son lien avec Félix, elle était prête à affronter son passé et à faire face à ses démons intérieurs.

Seraphina, à ses côtés, semblait ressentir la douleur d'Elly sans avoir besoin de mots. Elles étaient liées par leur amitié et leur compréhension mutuelle.

Chapitre XXVIII
Liens du passé

Alors qu'Elly marchait aux côtés de Seraphina, la douleur de ses souvenirs refaisait surface, laissant une empreinte palpable sur son cœur. C'était comme si chaque pas la ramenait à cette époque sombre de sa vie. Elle se sentait vulnérable, mais elle savait qu'elle devait affronter ses démons intérieurs pour avancer.

Seraphina perçut la détresse d'Elly et posa doucement une main réconfortante sur son épaule. Elles s'arrêtèrent dans une clairière tranquille, baignée de lumière dorée filtrant à travers les arbres.

Elly, il y a quelque chose que je dois te dire, commença Seraphina d'une voix douce.

Elly la regarda, curieuse et attentive. *Quoi donc, Sera ?*

Seraphina prit une profonde inspiration. *Lorsque j'ai été séparée de toi, j'ai trouvé refuge dans un village. C'était là que j'ai rencontré un homme, Maxine. Il était seul et nous avons fait connaissance.*

Les yeux d'Elly s'emplirent de curiosité. *Maxime ?*

Seraphina acquiesça. *Oui, Maxine. Il était spécial, Elly. Il possédait une lumière intérieure, une pureté que je n'avais jamais rencontrée auparavant. J'ai pris soin de lui, et il est devenu mon petit copain, et je suis enceinte.*

Les émotions d'Elly étaient en ébullition alors qu'elle écoutait les paroles de Seraphina. Elle sentait un mélange de joie et de tristesse en apprenant l'histoire de Maxime.

Je l'ai nommé Lysander en hommage à la lumière qui brillait en lui, continua Seraphina. *Il m'a appris à voir la beauté et l'espoir dans ce monde, même dans les moments les plus sombres.*

Elly sentit ses émotions déborder. La pureté de l'histoire de Maxime contrastait vivement avec la douleur de son propre passé. Alors que les larmes coulaient sur ses joues, elle sentit une énergie douce et chaleureuse émaner de son cœur.

Ses ailes, qui avaient été ternies par le poids de sa culpabilité, commencèrent à changer. Une partie d'elles redevint blanc et or, reflétant la lumière intérieure qu'elle avait retrouvée en écoutant l'histoire de Maxime.

Merci, Sera, murmura Elly d'une voix émue. *Merci de m'avoir partagé cette histoire. C'est comme si Maxime et Lysander m'apportaient une lueur d'espoir.*

Seraphina lui adressa un sourire compréhensif. *Il y a toujours de la lumière à trouver, même dans les endroits les plus sombres. Et n'oublie pas, Elly, tu mérites aussi la paix et le bonheur.*

Chapitre XXIX
Retrouvailles étoilées

Cinq mois s'étaient écoulés depuis que Seraphina avait partagé l'histoire de Lysander avec Elly. Durant cette période, Elly et ses amies avaient affronté de nombreux obstacles et dangers sans jamais réussir à retrouver la trace de Félix. La quête pour rétablir leur lien semblait presque hors de portée.

Elly gardait toujours l'espoir, mais la frustration et l'inquiétude pesaient lourdement sur son cœur. Elle regardait les étoiles chaque nuit, se demandant où Félix pouvait bien être et s'il pensait à elle comme elle pensait à lui.

Un soir, alors qu'elle était seule dans la clairière, Elly fixa le ciel étoilé, perdue dans ses pensées. Soudain, un sentiment étrange l'envahit, un frisson qui lui parcourut l'échine. Elle tourna la tête instinctivement, et son cœur fit un bond.

Là, à quelques pas d'elle, se dressait la grande silhouette familière de son amoureux. Félix, le grand blond aux yeux bruns, était devant elle, sa présence irradiant une énergie familière.

Les émotions déferlèrent en elle, un mélange d'étonnement, de joie et de soulagement. Elle ne pouvait pas croire que c'était réel, que Félix était enfin de retour.

Félix ! s'écria-t-elle, sa voix empreinte d'incrédulité et de bonheur.

Les yeux de Félix s'illuminèrent d'un sourire radieux. *Elly, je suis de retour.*

Sans réfléchir, Elly se précipita vers lui, les larmes aux yeux. Ils se retrouvèrent dans une étreinte étroitement enlacée, les années de séparation fondant en un instant.

Tu m'as tellement manqué, chuchota-t-elle contre son épaule.

Elly, je n'aurais jamais cessé de te chercher, déclara-t-il, sa voix emplie d'une détermination renouvelée.

Ils se séparèrent légèrement, mais leurs mains se tinrent toujours. Les étoiles brillaient au-dessus d'eux, témoins de leurs retrouvailles longtemps attendues.

Félix sourit doucement, ses yeux bruns plongeant dans les yeux d'Elly. *Même quand les étoiles semblaient loin, je savais que nous finirions par nous retrouver.*

Elly sentit son cœur se remplir d'amour et de soulagement. Toutes les épreuves, les défis et les doutes semblaient s'effacer devant cette nouvelle réalité – ils étaient ensemble à nouveau.

Chapitre XXX
Étoiles réunies

Le doux baiser échangé entre Elly et Félix scella leur retrouvaille avec une tendresse infinie. Les années de séparation semblaient s'effacer alors qu'ils se tenaient là, enlacés, se redécouvrant l'un l'autre.

Puis, comme si le destin avait choisi ce moment précis, Seraphina et Lysander firent leur apparition, illuminant la scène de leur présence joyeuse.

Les yeux pétillants de Lysander s'illuminèrent en voyant sa mère et Elly ensemble. *Maman, c'est elle, n'est-ce pas ? C'est Elly ?*

Seraphina sourit doucement et acquiesça. *Oui, mon cœur. C'est Elly.*

Lysander s'élança vers Elly avec enthousiasme, et elle le prit dans ses bras avec un amour évident. Les émotions débordèrent alors qu'elle tenait le fils de son amie dans ses bras, réalisant que l'histoire de Lysander avait été tissée dans les étoiles tout comme la sienne.

Félix se joignit à eux, un sourire radieux illuminant son visage. *Lysander, je suis Félix. C'est un plaisir de te rencontrer enfin.*

Lysander sourit timidement et serra la main tendue de Félix. *Maman m'a parlé de toi. Elle dit que tu es une personne spéciale.*

Les mots de l'enfant touchèrent Félix en plein cœur, et il échangea un regard reconnaissant avec Seraphina.

Les étoiles brillaient au-dessus d'eux, témoins de ce moment de réunion et de partage. Les liens d'amitié et d'amour semblaient s'entremêler, créant une toile magique qui enveloppait les cœurs de chacun.

Nous sommes une famille, n'est-ce pas ? murmura Elly, les larmes brillant dans ses yeux.

Seraphina sourit doucement. *Oui, Elly, nous le sommes. Une famille unie par les étoiles.*

Épilogue
Un avenir étoilé

Cinq ans s'étaient écoulés depuis les retrouvailles d'Elly et Félix, et leur amour avait continué de croître et de s'épanouir. Les défis qu'ils avaient surmontés avaient renforcé leur lien, et ils avaient finalement réalisé le futur qu'ils avaient toujours souhaité.

Félix et Elly étaient désormais mariés, unis par un lien profond qui semblait transcender le temps. Leur fils aîné, Matthys, apportait une joie incommensurable à leur vie, avec son sourire radieux et sa curiosité infinie.

Le village où Elly avait rencontré Mia était maintenant leur foyer. Les ruelles familières et les habitants chaleureux étaient devenus une partie intégrante de leur quotidien. Les étoiles continuaient de briller au-dessus d'eux, un rappel constant de la magie qui avait guidé leur chemin.

La petite famille était sur le point de s'agrandir avec l'arrivée imminente d'un nouveau membre. Elly était enceinte de leur deuxième enfant, une promesse d'un avenir radieux et plein de possibilités.

Leurs journées étaient remplies de rires, d'aventures et de moments précieux partagés ensemble. Les épreuves passées semblaient lointaines, comme des étoiles qui avaient guidé leur voyage vers un bonheur indescriptible.

Alors que le soleil se couchait doucement sur le village, Félix et Elly se tenaient main dans la main, contemplant le ciel. Les étoiles brillaient avec une intensité particulière, comme si elles célébraient le chemin qu'ils avaient parcouru.

Regarde, Félix, murmura Elly en pointant du doigt. *Les étoiles brillent pour nous.*

Félix sourit, son regard rempli d'amour et de gratitude. *Oui, Elly, elles brillent pour nous, pour notre amour et notre avenir.*

Ils restèrent là, ensemble, absorbant la beauté du moment et l'espoir infini que les étoiles semblaient leur offrir.

Ainsi s'acheva leur histoire, une histoire de courage, d'amour et de magie. Une histoire où les étoiles avaient tissé les fils du destin, guidant deux âmes égarées vers la lumière. Et alors que le temps continuait de s'écouler, leur avenir brillait de promesses, étoilé et éternel.

Remerciements

Je souhaite exprimer ma sincère gratitude envers ma meilleure amie, Neela Banuls, pour sa précieuse contribution à la création de plusieurs de mes ouvrages. Ma profonde reconnaissance lui est adressée.

Imprimé en Allemagne
Achevé d'imprimer en janvier 2024
Dépôt légal : janvier 2024

Pour

Le Lys Bleu Éditions
40, rue du Louvre
75001 Paris

www.ingramcontent.com/pod-product-compliance
Lightning Source LLC
Chambersburg PA
CBHW062346010826
49168CB00024B/288
* 9 7 9 1 0 4 2 2 2 2 1 5 4 *